Disney · PIXAR

反斗車王 Cars

公路奇遇記 ON THE ROAD

U0099723

新雅文化事業有限公司
www.sunya.com.hk

反斗車王
公路奇遇記

圖　　文：Disney Enterprises, Inc., and Pixar
翻　　譯：張碧嘉
責任編輯：黃偲雅
美術設計：劉麗萍
出　　版：新雅文化事業有限公司
　　　　　香港英皇道499號北角工業大廈18樓
　　　　　電話：（852）2138 7998
　　　　　傳真：（852）2597 4003
　　　　　網址：http://www.sunya.com.hk
　　　　　電郵：marketing@sunya.com.hk
發　　行：香港聯合書刊物流有限公司
　　　　　香港荃灣德士古道220-248號荃灣工業中心16樓
　　　　　電話：(852) 2150 2100
　　　　　傳真：(852) 2407 3062
　　　　　電郵：info@suplogistics.com.hk
印　　刷：中華商務聯合印刷（廣東）有限公司
　　　　　廣東省深圳市龍崗區平湖街道鵝公嶺春湖工業區10棟
版　　次：二〇二三年二月初版
　　　　　二〇二三年八月第二次印刷

Original title: *Cars On The Road*
Copyright © 2022 Disney Enterprises, Inc., and Pixar
Disney/Pixar elements © Disney/Pixar; rights in underlying vehicles are the property of the following third parties: OPEL and CORSA are registered trademarks of Opel Eisenach GmbH/ GM UK Ltd; Volkswagen trademarks, design patents and copyrights are used with the approval of the owner Volkswagen AG; MINI Cooper is a trademark of BMW AG; Figaro and Nissan are trademarks of Nissan North America, Inc.; Land Rover is a trademark of Land Rover; Ape is a trademark of Piaggio; AMC and Gremlin are trademarks of FCA US LLC; FIAT is a trademark of FCA Group Marketing S.p.A.; BMW is a trademark of BMW AG.

ISBN: 978-962-08-8148-0
© 2023 Disney Enterprises, Inc., and Pixar
All right reserved.
Published by Sun Ya Publications (HK) Ltd.
18/F, North Point Industrial Building, 499 King's Road, Hong Kong
Published in Hong Kong SAR, China
Printed in China

恐龍公園

閃電王麥坤跟他最好的朋友哨牙嘜結伴同行，向着東方出發。他們準備前往參加哨牙嘜姊姊的婚禮，順道來一趟穿州過省的公路之旅。

「怎麼從沒聽你提起過這位姊姊？」麥坤問道。

哨牙嘜支吾以對。麥坤發現原來哨牙嘜有點害怕他的姊姊，只是他不願承認。「我才沒有害怕！」哨牙嘜否認道。

閒聊間，他們在路口拐彎，剛好一轉身就看見一輛巨型的恐龍車向他們逼近！

「嘩，嘩，嘩！」哨牙嘜大叫。

他們慢慢靠近恐龍車，發現原來它只是恐龍公園入口的一個雕像。

　　哨牙嘜對恐龍不太感興趣，「我對恐龍沒什麼認識。」他說。

　　「那正好給你學習的機會。」麥坤說。

　　他們進入主題公園後，麥坤便開始滔滔不絕地說起不同的恐龍知識。

　　公園的導遊指着一個巨型的恐龍車骨架，介紹說：「這是樣本 536-M，被我們稱為『美美』，是最完整的袖珍獸腳類肉食恐龍標本。」

　　「天啊……」哨牙嘜喃喃自語，他越聽越覺得睏，一不小心便睡着了。

哨牙嘜醒來的時候，發現身處一個怪異的地方，那裏有許多棕櫚樹和火山。他的樣子也不一樣了——他的眉骨變得瘦削，車輪也變成石頭造的。他變成了石器哨牙嘜！

　　「麥坤！」石器哨牙嘜看到了他的朋友，也忍不住驚呼，因為麥坤也變成了石器車！

　　突然，有輛螺絲帽暴龍出現，用牙齒咬住了麥坤！

　　「喂，你的牙齒也太尖了吧！」麥坤大喊。

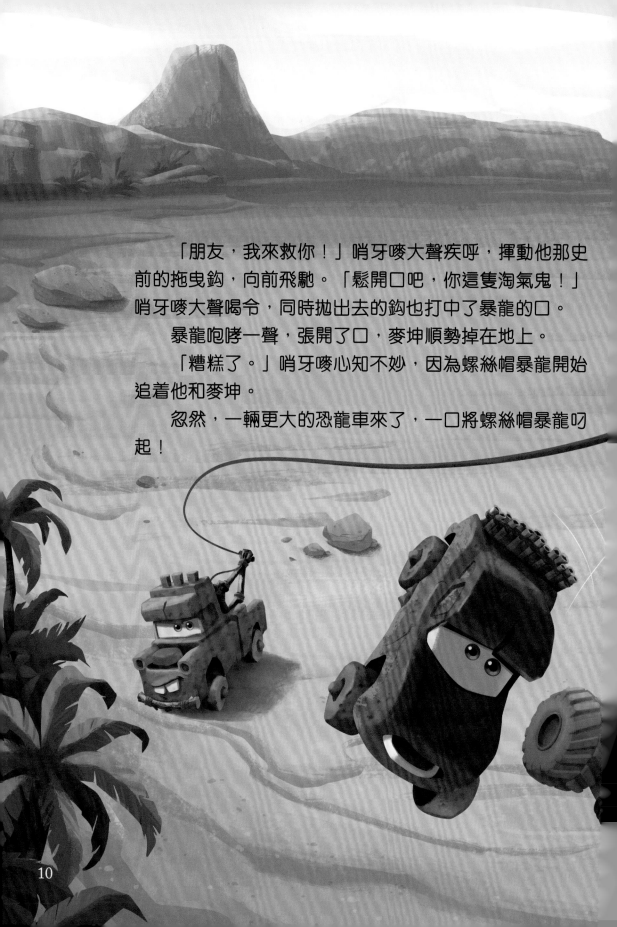

「朋友，我來救你！」哨牙嘜大聲疾呼，揮動他那史前的拖曳鈎，向前飛馳。「鬆開口吧，你這隻淘氣鬼！」哨牙嘜大聲喝令，同時拋出去的鈎也打中了暴龍的口。

暴龍咆哮一聲，張開了口，麥坤順勢掉在地上。

「糟糕了。」哨牙嘜心知不妙，因為螺絲帽暴龍開始追着他和麥坤。

忽然，一輛更大的恐龍車來了，一口將螺絲帽暴龍叼起！

　「是最大最兇惡的曲軸棘背龍……啊啊！」
麥坤慘叫道。

　　麥坤和哨牙嘜趁着兩隻巨龍打架，乘機離
開，沒想到螺絲帽暴龍又再一口叼住了麥坤！哨
牙嘜用拖曳鈎圈住麥坤，想要將他拉出來。但螺
絲帽暴龍和曲軸棘背龍在懸崖邊失足了，麥坤快
要跟他們也一起掉下去！

「我會救你的，兄弟！」哨牙嘜尖叫。

他猛然睜開眼，看到自己又回到了主題公園內。「呼，真刺激！」哨牙嘜鬆一口氣說。

哨牙嘜和麥坤覺得是時候繼續上路了。他們離開恐龍公園之際，哨牙嘜又經過門口的螺絲帽暴龍雕像。他抬頭一看，暴龍正張開那巨大的口望着他。

「啊啊啊啊啊！」想起惡夢裏的回憶，哨牙嘜一邊大叫一邊飛馳而去。

「哨牙嘜！」麥坤叫道，「等等我啊！」

燈滅之時

麥坤和哨牙嘜一直十分享受他們的公路之旅，怎料天氣突然驟變。哨牙嘜跟麥坤說暴風雨將要來臨，提議在附近的汽車旅館留宿一晚。

　　「不用了吧。」麥坤反對，「我們繼續走就好了。」

　　不久，天空果然開始下起大雨。

　　「別……別說了。」看見哨牙嘜一臉想要抱怨的樣子，麥坤不好意思地說。附近只有一間酒店，它看起來有點陰森，外面泊着一輛令人望而生畏的汽車。

　　「太棒了！」麥坤說，他很慶幸找到地方避雨。

　　但哨牙嘜被這間酒店滲人的外觀嚇得瑟縮發抖！

原來守在外頭的那輛詭異的汽車是酒店的員工，他歡迎麥坤和哨牙嘜的到來，又為他們安排房間。雖然他們獲得友善的接待，但哨牙嘜卻感到這個地方令人不寒而慄！

　　他們一到房間，哨牙嘜馬上想離開了。房間裏有許多蜘蛛網，一盞閃爍不停的吊燈，還有一些形狀恐怖的怪影。

　　「這裏環境挺好啊！」麥坤說。

　　哨牙嘜害怕道：「我今晚不會關燈的。」

　　「悉隨尊便，反正我今晚肯定睡得很沉。」麥坤回答說。

　　可是，麥坤並沒有如自己所說的睡得很沉。在哨牙嘜沉沉睡去之際，麥坤依然睡不着。

　　麥坤聽見房間內傳來一陣怪聲，他瞪大眼睛四處張望。有些東西在敲打窗戶，是樹枝……還是其他東西？

　　忽然，他聽見遠處傳來怪異的笑聲。

　　「啊！」麥坤害怕地呼喚好友，「哨牙嘜……」但哨牙嘜依然熟睡得一動不動。

　　雖然心裏不太情願，但麥坤還是決定走出房間，去調查發生了什麼事。

麥坤先到接待處，卻看不見之前迎接他們的那輛詭異的車。

忽然，他聽見附近有些咯咯的笑聲。

「誰在那兒？」麥坤朝遠處問。

他經過另一條走廊，看見兩旁有些怪異的雕像，牆上也有幾幅古怪的油畫，畫中眼睛的視線彷彿在跟着他轉呢！

拐個彎，麥坤見到了兩輛一模一樣的小型汽車懸浮在半空。

「麥坤，」她們異口同聲地說，「來跟我們賽車吧。」

那對雙胞胎汽車看起來太可怕了。「啊啊！」麥坤一邊尖叫，一邊快速逃跑。

麥坤跑過一條漆黑的走廊，她們的笑聲卻一直在背後迴響。他轉了彎，看見走廊的盡頭有一架升降機。升降機門慢慢打開……綠色的防凍劑不斷傾瀉出來！

麥坤再次尖叫，立刻倒車，加速轉動引擎，飛奔離去！

　　躲過了防凍劑的襲擊，麥坤發現自己恰巧逃到宴會廳的門前。他推門進去，被眼前恐怖古怪的一幕嚇着了：場內播着管風琴的奏樂，還有一羣凌空飄浮的汽車在跳舞！

「賞面一起來跳舞嗎？」其中一輛汽車問麥坤。

「啊啊啊！」麥坤嚎叫着，立刻衝出宴會廳。他快速跑過另一條走道，卻感受到後面好像有東西跟着他。

麥坤轉身去看，原來有一輛飄浮在空中的改裝車正追着他，而且排氣管還在噴火呢！

麥坤想要擺脫他，但車輪下的地毯很滑，沒有摩擦力使麥坤寸步難行。他眼前見到一道門，如果他能抵達的話……

　　終於，麥坤衝進那道門，發現回到了自己的房間。窗外的天已亮起來，睡得香甜的哨牙嘜也起牀了。哨牙嘜完全不知道麥坤的遭遇，還稱讚他選了一個留宿的好地方。

　　麥坤迷茫地思考昨晚的情景，哨牙嘜關心地問：「怎麼了，朋友？」

　　「沒事。」麥坤說，「似乎這種舊建築很容易讓人胡思亂想呢。」說畢，他們就準備離開酒店。

　　日間的接待處職員聽了他們的話，轉頭看向牆上的油畫。油畫中的車輛正是昨晚迎接麥坤和哨牙嘜的那輛車呢！

　　「蘭迪，你又戲弄客人了嗎？」日間職員向畫中人問道。

　　油畫中的汽車發出了挑皮的笑聲。

鹽田上飛馳

　　麥坤和哨牙嘜在公路上自得其樂，他們在寬闊的
路上大聲高歌。走着走着，他們才發現車輪下的並不
是公路，而是鹽灘。

　　「嘩！是極速賽車手！」麥坤和哨牙嘜看見眼前
一大羣時尚型格的賽車經過。

　　他們看見一輛車頭很長、配有車鰭的賽車，被工
作車從車庫推回到鹽灘上。

　　「小心極速魔鬼！」工作車對賽車說。

「極速魔鬼？」哨牙嘍問。

「即是把生命危在旦夕的汽車帶走的神明。」麥坤解釋道，「這是他們的信仰。」

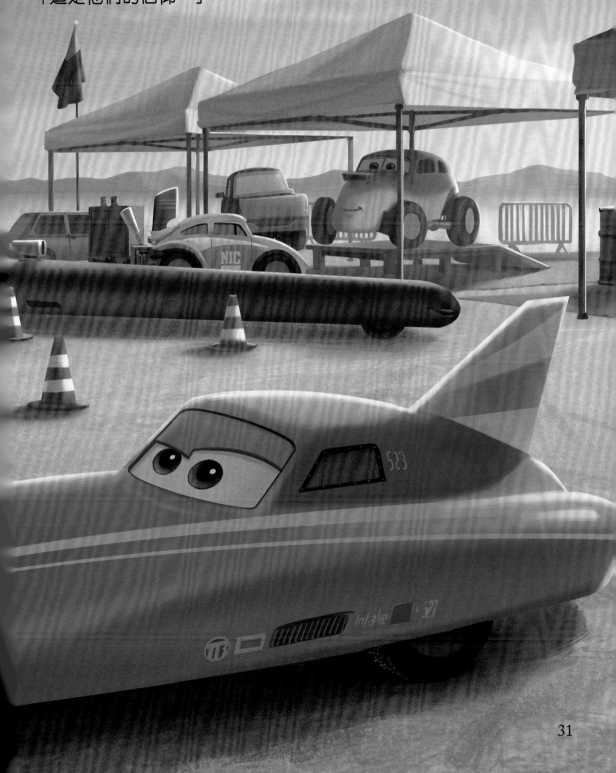

用過的工具才會發亮

　　麥坤告訴哨牙嘜，這裏的賽車全都追求速度和突破，哨牙嘜覺得這種精神很棒。不久，他們遇上多用途貨車則之，則之積極邀請哨牙嘜加入他的極速賽車隊。

　　「我當然樂意！」哨牙嘜興奮地答應。

　　麥坤還沒來得及勸阻他，哨牙嘜已跑進則之的車庫中進行改裝，提升裝備。

　　砰！噹啷！轟隆！

　　不一會兒，全新的極速哨牙嘜出來了。

一輛工作車把哨牙嘜推到賽道上，「小心極速魔鬼！」他向哨牙嘜叮囑道。

「哨牙嘜！」見哨牙嘜開始加速，麥坤一邊追趕一邊呼喚他。

「時速每小時280公里！」廣播器裏傳來賽事旁述員的聲音。

麥坤走在哨牙嘜身邊勸阻他，「好了！你已經很酷了，朋友！可以離開賽道了！」

可是，哨牙嘜沒把麥坤的話聽進去——他太享受極速的快感了！「我就是極速！」他大聲叫喊。然後，他甚至驅動了噴射引擎，絕塵而去。

「時速每小時750公里！」賽事旁述員說，「時速每小時1000公里！」

哨牙嘜太興奮了，心裏飄飄然的，臉上還掛着滿足的笑容。
這感覺太棒了！

當哨牙嘜繼續加速之際，車身漸漸抖動，零件也開始脫落，
他覺得自己即將失控了。哨牙嘜的車輪開始離地，快要撞車了！

突然，他眼前一黑。

　　哨牙嘜睜開眼後，發現自己的靈魂身處半空，飄浮在雲間。有一輛優雅的開篷跑車，拍動着翅膀，伴在他的身旁。

　　「車手都叫我做極速魔鬼。」她說，「哨牙嘜，你怎麼會在這裏呢？」

　　「我只是有點情不自禁。」哨牙嘜說，「我一直在想，為什麼我不能成為跑得最快的車？為什麼我不能在某方面成為第一？」

　　極速魔鬼耐心聆聽，然後誘惑他說：「那麼，我們一起高速前進吧？」

這是個關鍵時刻！如果哨牙嘍跟極速魔鬼上路，他以後就再也見不到麥坤和其他的朋友了！哨牙嘍要立刻懸崖勒馬。

「請你閉起眼睛吧，」他跟極速魔鬼說，「然後猜猜我舉起了多少個車輪？」

極速魔鬼閉起了眼睛，想想要猜什麼數字。同時間，哨牙嘍立刻轉身回到自己的車身。

「好吧，我就網開一面吧。」極速魔鬼識破了哨牙嘍的意圖，笑着說。

　　哨牙嘜回到了車身，完成了賽事，便去跟麥坤會合。麥坤見他平安無事，也鬆了一口氣。他們回到車場營地，則之在等着他們。

　　「拖車朋友，你知道你的成績嗎？破紀錄了！這只是個開始，我們還可以繼續締造更多歷史時刻！」

　　其他車隊的領袖也陸續來到，請求哨牙嘜代表他們出賽。

　　但哨牙嘜已經不想再進行極速賽車了，他能平安回來，跟好朋友在一起就已經心滿意足。

　　「我們來一場比賽，看看誰能先到下一個城鎮？」麥坤問。

　　「來吧！」哨牙嘜回答，於是他們倆便在公路上飛馳而去。

傳説

在公路上奔馳了漫長的一整天，麥坤和哨牙嘜決定停下來，在晚上紮營休息。

麥坤忙着堆起營火，哨牙嘜則去附近跟恰巧一同露宿的越野車打招呼。那裏有露營車、路虎越野車，還有一輛旅行車。

「我們是神祕生物獵人。」越野車說。

麥坤不明白她在說什麼。

「就是捕捉我們認知以外的傳說生物！」哨牙嘜興奮地說。

「那邊的森林經常出現懷疑是神祕生物的蹤跡呢。」越野車補充道，「大腳怪會經常出沒。」

　　麥坤覺得他們說的話有點荒唐可笑，他只想好好睡覺，但哨牙嘍竟對他們說，他和麥坤也想跟着去尋找大腳怪。

　　於是，他們立刻準備出發，帶上了照明燈、攝錄機和夜視鏡。麥坤猜想，他們這樣浩浩蕩蕩一起出發，十分嘈吵，必然會打草驚蛇。

「大腳怪？別說笑了。」麥坤自言自語，竊竊地笑。

忽然，他聽見樹林間傳來一聲巨響，還有一個巨型的黑影向他們衝過來！麥坤一驚，立刻駛走，但黑影卻走得更快，敏捷地走到他前面去。

麥坤全力加速逃跑，回頭去看時，卻不小心撞上了木頭，昏過去了。

　　麥坤醒過來的時候，發現身處一間木屋，而且還被綁着
掛了起來。

　　「大腳怪」出現了。「你醒了？」她問。

　　「等一下──你不是怪獸。」麥坤說，「你是一輛怪獸
卡車！」

　　「我叫艾莉，以前的確是怪獸卡車。」她解釋說，很久
很久以前，她的確以砸碎廢車的表演來維生，但後來厭倦了
這種生活，所以搬到森林裏居住。

　　談話間，哨牙嘜突然破門而入，說：「找到你了，大腳
怪！」

　　哨牙嘜想拯救麥坤，不料反被艾莉綁起來，掛到麥坤的
旁邊。

麥坤和哨牙嘜答應艾莉，如果把他們釋放，便幫助她讓那些神秘生物獵人別再騷擾她。艾莉同意了，還帶他們走進地牢裏一起商討計劃。

　　「我已無計可施了。」艾莉說，「我嘗試過把他們嚇走，但他們很快又回來。」

　　忽然，哨牙嘜叫了一聲，原來他被一團喉管纏住了。

　　「我想到了！」艾莉說，「我們要為這些無禮的朋友送上一個真正驚嚇的故事。」

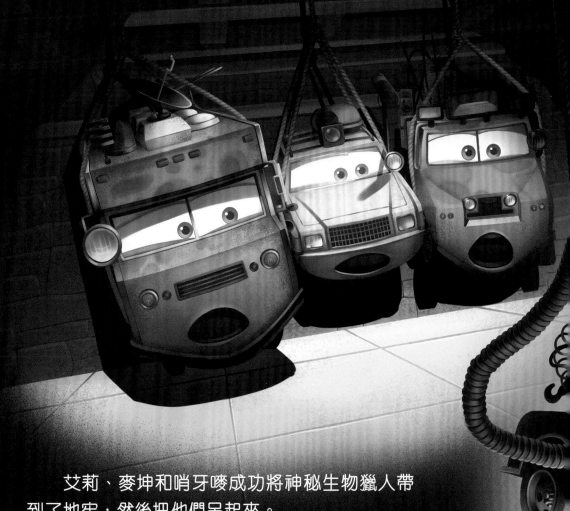

　　艾莉、麥坤和哨牙嘜成功將神秘生物獵人帶到了地牢，然後把他們吊起來。

　　表演正式開始！

　　「我們來自一個你們不認識的星球。」麥坤以外星車的聲音說。

　　他們看見哨牙嘜身上插着許多喉管，都嚇得倒抽一口氣。「救我啊！」哨牙嘜說。

　　然後，艾莉穿上盛裝，像是外星車的女皇那樣，出來跟他們交涉。「投降吧，愚蠢的地球車，我們要吸乾你們軀殼裏的生命！」她將綁着幾輛車的繩剪斷。神秘生物獵人車輪一着地，便立刻衝出地牢的門，片刻間便在森林裏消失。

　　「成功了！」艾莉笑着說。

第二天，太陽升起來了，麥坤對艾莉說：「山裏終於回復平靜，你現在可以好好休息了。」

　　「衷心感謝你們的幫忙。」艾莉回答說，「這場演出真的很好玩。」

　　艾莉見麥坤和哨牙嘜準備下山，「噢，那⋯⋯你們要往哪裏去？」她有點不捨地問道。

　　麥坤和哨牙嘜相視一笑，邀請艾莉加入他們的公路之旅！

　　於是，一行三車愉快地在高速公路上前進，期待着之後精彩的旅程。

表演時間

　　麥坤、哨牙嘜和他們的新朋友艾莉享受着穿州過省的快樂
旅程。麥坤和哨牙嘜正前往參與哨牙嘜姊姊的婚禮，而艾莉則隨
着他們一起冒險。他們在高速公路上走着，留意到遠處有一些帳
篷。

　　「咦！是馬戲團呢。」麥坤說。

　　他們一起過去看看，小丑車立刻迎上前來為他們表演。除了
麥坤害怕小丑的外，大家都覺得這場表演很棒呢！

哨牙嘜、麥坤和艾莉到露天座位繼續欣賞更多的表演。燈光亮起，兩位馬戲團領班站到台上。

「各位，」其中一名班主介紹道，「接下來，讓我們一同欣賞這場目不暇給的表演……有請疾速馬戲團！」

砰！一輛小丑車從炮口噴射到空中，幾輛特技車在坡道上飛馳，然後進行空翻，甚至還有鏟車在拋接汽車呢！

哨牙嘜和艾莉覺得這場馬戲團表演實在太精彩了，但麥坤對小丑心有餘悸，未能享受這一切。

到表演高潮的部分，馬戲團領班想邀請一位觀眾參與表演，麥坤很害怕會被選中。最終，班主選上了艾莉，麥坤立刻鬆了一口氣。

　　艾莉走向領班，建議道：「我有一個好主意，如果你不介意的話……」

　　不久後，艾莉駛向坡道的頂端，而下面的小丑車則排成一列。

　　「噢！不好了！她到底想要做什麼？」麥坤心裏想。

　　艾莉從坡道上俯衝下來，躍進空中，那一列的小丑車在她的車身下，彷彿快要被壓扁！然而，艾莉最終單輪落地，神態自若地在小丑車間跳舞，完全沒有壓着任何一輛車呢！

哨牙嘜和麥坤看得目瞪口呆，艾莉的表演實在令人驚歎！接着，艾莉轉過身來，躍上其中一個圓形舞台。她靈活地轉了一圈，再跳上鏟車。鏟車舉高梯子，讓艾莉在空中跳出完美的腳尖旋轉。

觀眾都為她拍掌歡呼！他們都很佩服艾莉傑出的表演。

「艾莉，你很厲害！」麥坤讚歎道。

「告訴你們一個好消息！」艾莉說，「他們邀請我留下來呢！」

麥坤感到很意外，但也為艾莉找到一個新的家而感到高興。「說不定將來還會再見！」他說。

「我真的很希望可以再見到你們。」艾莉依依不捨地說。

一輛小丑車走到麥坤面前想擁抱他。

「噢——好了好了，呃……」麥坤不太自在地說。

麥坤和哨牙嘜要繼續上路了，於是跟馬戲團的朋友道別。遠處的艾莉已經在努力綵排，享受屬於她的快樂時光。

B 級片

麥坤和哨牙嘍繼續他們的公路之旅，前往參加哨牙嘍姊姊的婚禮。他們經過一個迷人的小鎮，在路上忽然看見有一輛車正跟兩輛外星喪屍車搏鬥！

「嘩，你看！」哨牙嘍說。

原來他們遇上了電影拍攝！

「這太酷了！」麥坤說，「我們在附近遛達一會兒吧。」

他們站在旁邊欣賞電影拍攝的時候，副導演認出了麥坤。

「你就是閃電王麥坤，對吧？」副導演問。

「沒錯，我是。」麥坤說，「這是我的朋友──」

沒等麥坤說完，副導演便大聲說：「我們一定要為他安排一個角色！」

不久，導演貝拉在跟麥坤商討，邀請他飾演電影中的哈薩副警長！

說時遲，那時快，已經有數輛鏟車在為麥坤化妝。

「加油啊！」哨牙嘍為他打氣道。

這場戲，麥坤要站在外星繭前演。

「開拍！」導演叫道。

當外星繭爆開時，麥坤身上被
濺滿了綠色的黏液。

「噢！很冷啊！」麥坤叫道。

「再來一次。」導演說。

外星繭再一次爆開，麥坤身上有更多的綠色黏液。

「你可以做一個更驚訝的表情嗎？」導演問。

外星繭爆完再爆，麥坤演了又演，多次重拍讓他累極了。

　　麥坤感到有點挫敗，需要小休一下。

　　「沒關係的，朋友。」哨牙嘜安慰他說。為了逗麥坤一笑，
哨牙嘜還戴上大腦袋的外星戲服，發出一些滑稽的怪獸聲音：
「哈，快看！我來自攝索星！」

　　導演恰巧經過，留意到這一幕，於是邀請哨牙嘜一起參與拍
攝！

哨牙嘜飾演一位愛說俏皮話的科學家。他穿上了實驗室白袍，戴上了護目鏡。哨牙嘜跟另外兩個主角一起拍攝這一幕，場景是在實驗室，裏面的大缸還放着一輛外星喪屍道具車。

　　輪到哨牙嘜說台詞了，他決定即興創作：「給我五分鐘，讓我跟這不死的大壞蛋談談，我連他上周二吃什麼午餐也能問得一清二楚！」

　　大伙兒都被哨牙嘜的臨場發揮逗得哈哈大笑，只有麥坤一個悶悶不樂，因為他開始質疑自己的演技。

　　導演對哨牙嘍飾演科學家的表現非常滿意，於是再邀請他扮
演總統的角色！

　　「什麼？我來扮演總統？」哨牙嘍問道。

　　「而且，我們還想請你自行撰寫演講稿！」監製補充。

　　麥坤聽見了這一切，心灰意冷地默默走開了。

那天晚上，麥坤和哨牙嘜在附近的汽車旅館留宿，因為哨牙嘜第二天要繼續參與扮演總統的拍攝。

　　麥坤有點難過。「我一直以為，我才是最擅長做這些事的那個。」他向哨牙嘜坦白承認自己的不滿，「我到底還欠些什麼？」

　　「麥坤，你做所有事情都很棒啊。」哨牙嘜說，「你只是要留一點發揮空間給我們這些朋友。」

　　麥坤開始思考這句話，想想怎樣能成為一個更好的朋友。

　　第二天，麥坤和哨牙嘜回到拍攝場地，卻發現所有東西都變了。電影採用了另一個新方向，不再需要他們的角色了！他們看着這齣電影的新星走過來。「艾莉？」哨牙嘜看着他們那位馬戲團的朋友驚訝地說。

　　「馬戲團的生活很精彩。」艾莉說，「但更神奇的是，我居然能在舞台上被發掘，而且還能拍攝一齣真正的電影！」

　　麥坤和哨牙嘜都為他們的朋友感到高興，一起去看她的演出，果然精彩極了！

麥坤和哨牙嘜要繼續前往他們的目的地了。

「哨牙嘜，」麥坤說，「我還未聽到你的演講呢。」

「什麼演講？」哨牙嘜問。

「你的總統演講啊！」麥坤回答。

哨牙嘜故作認真。「身為總統，我嚴正呼籲，世界上的汽車都要站起來，對抗喪屍的入侵，遏止他們造成的禍害，否則地球遲早都會遭他們毀滅！」

「哨牙嘜，說得真好！還有嗎？」麥坤說。

「當然，我才剛開始呢！」哨牙嘜說着，跟他最好的朋友繼續前進。

公路戰士

麥坤和哨牙嘜在這炎的公路之旅朝夕相對，可能相對的時候太多了……他們開始會不小心惹對方生氣。

「我沒有！」麥坤反駁道。

「你有！」哨牙嘜斥責道。

「沒有！」麥坤大聲說。

「有！」哨牙嘜憤怒地說。

「別再說了，哨牙嘜。我沒有迷路！」麥坤堅持道。

在他們倆爭吵之際，一些隆隆的引擎聲讓他們停下來。不久後，一羣樣子兇惡的戰士車把他們團團圍住！

　　這些公路戰士把麥坤和哨牙嘍帶到一處荒蕪的營地。麥坤和哨牙嘍訝異於眼前所見的一切：有尖刺車、懸掛在半空打鼓的鼓手，還有熊熊的篝火。

　　幾個侍從抬着女酋長出來，她對麥坤和哨牙嘍說：「你們是來自那衰敗荒地的難民嗎？肯定是辛苦地爬過來，求我們收容你們吧？」

「呃，不是的。」麥坤否認道。

女酋長帶着懷疑的目光盯着他們，然後將他們送到咆哮尖筒——哨牙嘜和麥坤將要面對考驗，證明自己的價值。

戰士們為麥坤和哨牙嘜穿上護甲和尖刺，甚至還把一個噴火器交給哨牙嘜！

　　「兩輛車進去！只有一輛車能活着出來！」一名戰士叫道。

　　麥坤和哨牙嘜被拋進咆哮尖筒──那是個四面都包圍着火焰的巨大鐵籠。他們倆雖然在跟對方吵架，但卻完全不想作生死對決！然而，他們沒有選擇的餘地。於是，麥坤和哨牙嘜在咆哮尖筒裏衝來衝去，互相碰撞，又再彈開。他們這樣來來回回的維持了一段時間，直至發現戰士車羣不見了！

　　「其他車去哪裏了？」麥坤問。

　　他和哨牙嘜離開了咆哮尖筒，在懸崖邊看到了戰士們。他們正看着前面預備攻擊他們的塵雲。

　　「列陣！」女酋陣宣佈。

　　麥坤和哨牙嘜原本乘機逃跑，但卻被大伙兒抓住，逼他們加入排陣。站在他們旁邊的一輛車似乎有點緊張，他跟麥坤承認，他甚至不知道現在面對的敵人是誰！

　　「也許要想辦法阻止一下他們了。」麥坤說。

「哨牙嘜，跟我來！」他說。

他們倆設法爬到山崖上，哨牙嘜用力吹響號角。大家都停下來，抬頭看向他們。

麥坤想要勸阻兩個車羣，說服他們放下成見。「大家可以先放下噴火器，別為一些瑣碎事爭吵吧。」

怎料，有一輛小汽車不小心向對方發射了火箭炮，戰鬥馬上爆發！

麥坤苦惱地跟哨牙嘜急步離開山崖，然後他在遠處看到了……公路！他們都想遠離這場紛爭，於是在車羣中左穿右插。

　　「不好意思！」意外地撞上了另一輛車的麥坤道歉說。「抱歉！」哨牙嘜也不小心推倒了另一輛車。

　　幾分鐘後，麥坤和哨牙嗹終於脫離危險，回到公路上。他們繼續行駛，直至找到一間小店，喝了杯冰涼的飲料才緩過一口氣。

　　不久，那輛緊張的汽車也加入他們。「原來你們居住的衰敗荒地，竟有一片充滿希望的美麗景象！」他驚喜地說。

　　「沒錯啊。」哨牙嗹回答。他回頭一看，竟有許多戰士車都往小店方向駛來。「你看！」哨牙嗹跟麥坤說。

　　麥坤點點頭說：「我想我要進去再叫幾百杯飲料了。」

婚禮

　　經過了多天的公路之旅，麥坤和哨牙嘜終於來到
了哨牙嘜姊姊的婚禮場地。對於旅程將要完結，麥坤
鬆了一口氣，急不及待期待要坐飛機回家。

　　可是，哨牙嘜卻一點也不能放鬆。「想起將要見到姊姊這件
事，實在令我很焦慮。而每當我感到焦慮的時候，又很容易發生
一些更倒霉的事。」他跟麥坤吐苦水道。

　　「放鬆點吧，我相信沒什麼讓人擔心的事會發生的。」麥坤
安慰他說。

　　他們邊談邊走，來到哨牙嘜小時候的家：一座漂亮的海濱公
寓！

　　麥坤沒想過原來哨牙嘜在這裏長大，更沒想過會在婚禮上碰見他的朋友小薑！原來小薑的表哥馬狹奧會跟哨牙嘜的姊姊結婚！

　　「最近沒什麼比賽，你過得怎麼樣？」麥坤問。

　　「不錯啊！我開辦了一間賽車學校，也成立了一個非牟利組織，為胎紋不夠深的車輛提供更換雪地輪胎的服務，還在學法文呢！」小薑回答，「你呢？」

　　「噢，我跟哨牙嘜來了一次瘋狂的公路之旅。老實說，我已經累得想要趕快回家了。」麥坤說。

這時，音樂響起來，婚禮快要開始了！

哨牙嘜的姊姊慢慢駛向聖壇。當她看到哨牙嘜時，立刻向他衝過去，大叫着說：「我的寶貝弟弟！」

「這是我……親愛的姊姊，美桃。」哨牙嘜尷尬地向麥坤和小薑介紹。美桃見哨牙嘜說話吞吞吐吐的，便忍不住一直奚落他，直到哨牙嘜無法再忍受了，便提出來一場決鬥，解決多年來的「姊弟不和」。

「女士！那婚禮怎麼辦啊？」證婚車子叫道，他和新郎正站在聖壇前等候她。

但美桃聽不見他的呼喚，她忙於要跟哨牙嘜進行第一場決鬥──鬥快駛到橡樹那裏。「太好了！我勝出了！」勝出的美桃高興地說。

麥坤本想將他們帶回去婚禮現場，但哨牙嘍和美桃完全沒理會他。

「三局兩勝！」哨牙嘍說，「現在比賽在草坪畫畫！」

哨牙嘍立刻在草坪上轉圈，畫出了一個花俏的圖案。他以為自己必勝無疑，但美桃卻畫了一幅完美的自畫像。小薑宣布美桃獲勝。

「五局三勝！」哨牙嘍說。

下一場是鬥快喝汽油，哨牙嘜喝得很快，勝出了這局！

　　然後是「剪刀石頭布」比賽、串字比賽、拼圖比賽和疊高紙牌的比賽。最後是「互望不眨眼」比賽，一隻細小的昆蟲飛到哨牙嘜的眼前，他忍不住眨了眨眼，美桃便勝出了！

「太好了！」美桃高呼，「我勝出了！我更厲害！」

如今哨牙嘜卻更難受了。

可是，在他們倆再鬥嘴之前，小薑跟他們說了些話。小薑讓他們明白到，其實他們互相都很欣賞對方！

證婚車子不想再等了，已經先行離開了。

「抱歉啊，親愛的。」馬狹奧對新娘子說，「我想婚禮要取消了！」

幸好，小薑說她可以主持婚禮！

完成宣誓後，小薑宣布，美桃和馬狹奧正式結為夫婦！

「各位親友，大家好！」哨牙嘜開始為姊姊致辭。他談到生命就像一趟旅程，而旅程中那些意料之外的高低起跌，正正是生命寶貴之處。

他的這番話，令麥坤想起了這次公路之旅中，他和哨牙嘜分享了各種瘋狂、開心、可怕、怪異和令人回味的時刻。

哨牙嘜還補充說：「身為總統，我嚴正呼籲，世界上的汽車都要站起來，對抗外星喪屍的入侵……」

麥坤忍不住捧腹大笑。

婚禮結束，賓客們陸續離去。

「能見你們一面，我真的很開心。」小薑說，「你們是坐飛機回家吧？一路平安啊！」

跟小薑道別後，麥坤向哨牙嘜說：「其實，我在想，我們也許可以駕車回去。在旅途上悠閒地在小路上漫遊、遊覽景點，甚至可以結交一些新朋友，好嗎？」

麥坤改變主意不坐飛機直接回家，哨牙嘜高興極了，「你覺得今晚在哪裏過夜好呢？」他興奮地問。

「不知道啊。」麥坤回答，「看看路上有什麼等着我們吧，只要跟朋友在一起，高低起伏也不要緊！」